歌集 あすなろのままに

白井陽子

六花書林

あすなろのままに　＊　目次

第一章

装幀　真田幸治

あすなろのままに

第一章（二〇〇六年―二〇〇八年）

二月のたんぽぽ

病院を訪いて帰りの道端に二月のたんぽぽ背を低く咲く

手術前の短く切りし髪型に若返ったねと軽く声掛く

死ぬなよと病室見上げ祈りたりバス待つわれに北風の吹く

おとうとの痩せたる顔は父に似て目の大きくて顎のとがりぬ

あたたかき電車の座席に一瞬を空き缶蹴ってかくれんぼする

病室の窓から見える木々の芽の膨らみ始むもうすぐ彼岸

大ぴよ

武庫之荘《むこのそう》の駅の間近に部屋借りぬこなゆきの舞う三月なかば

隣には御飯の旨いめしやありいろはにほへとの壁紙貼らる

ケイタイの登録名を変更す〈ぴよ〉が羽ばたき〈大ぴよ〉になる

新しき暮らしを始めるひとり子はうまく仕事をこなせるだろうか

初出勤の娘の帰りを待ちおれば遠くに聞こえる救急車の音

朝の電車は目を閉じ座る人多し武庫之荘から出勤すれば

満員の人も次第に降りて行き電車の音が軽やかになる

春のひかり

静まれる期末テストの教室にやわらかき春のひかりこぼれる

田の畔に座りて鍬を休めれば土あげし畝黒々光る

けずりてもけずりてもなお立つ草にまけるものかと今日も鍬打つ

豌豆の触角のように伸びる蔓支柱探して風に揺れおり

昼下がりの乗る人四人の加太《かだ》線にうつらうつらとゆれる音聞く

空へ向く百十七段の階段を上り新しき職場に就きぬ

あちこちに狸の糞の転がりぬ小高い山の運動場の

弁当を持てぬ子のいる教室に「生存権」と「憲法」語る

こびとさん

いつからか生家に住みつきし白きねこ草引くわれを塀に見つめる

柿の木の若葉を風が揺らしゆく母居ぬ庭に草は茂りて

草のなか庭の芍薬の茎太し真っ赤な花が今年も咲きぬ

いちご摘むわれを見つめる車椅子田のまくらにて母が座れる

鎌倉で絵馬に名前を並べ書く娘とわれの旅の証しに

しろかきを終えし田の水澄みゆきて鏡のように田の面《も》きらめく

二重《ふたえ》三重《みえ》灯りほのかにゆらめきて田植え待つ田に蛙なきおり

「あした行くね」施設の母に電話する「すまんなあ」という声の細くて

窓ガラスが白く曇りぬのっぺいをことこと煮込む夜半の厨に

自分の足でもう歩くこと無き母を車椅子押し今日も連れ出す

ヒペリカムの花を買い来て瓶に挿す施設の部屋のテレビの横に

別れぎわ気をつけてねとどこまでもわれを気遣う母親なりて

車椅子で手を振る母に手を振りてエレベーターのドアは閉じゆく

抽斗に防虫剤をしのばせる梅雨の近づく夕べの実家

涼やかな木陰をつくる葉桜の武庫之荘駅に蟬鳴きしきる

「こびとさんは帰りますよ」とメールするテーブルに子の夕餉並べて

もうひとりのわれの向こうを点々と灯り飛びゆく夜の特急

汗が畳に滴り落ちぬひとり子の戻る離れを片付けおれば

母のこと子のこと田のこと家のこと全部やりきる身体がほしい

はじめから手助けなどは無きものとしんどい思いにあかんべえする

ハイビスカス

訪い来るは今日が終わりと駅名の「武庫之荘」の文字をしばし見つめる

子の部屋で引っ越す荷物を詰め終えぬ一服の茶に湯気ゆらぎたり

かけ方を忘れたと言う老いの声やっとつながりし母のケイタイ

沖縄で購いし枝の切れはしを母は大事に鉢に育てる

育ちたるハイビスカスが窓ぎわに昨日も今日も一つ開きぬ

暮れゆきてうすずみ色の山裾に灯り尾をひく施設を辞せば

わが勤めを〈やめる〉〈続ける〉花びらで占うごとく思いを繰りて

新しき職場の様子を話す子にふむふむふむと相づちをうつ

夜半過ぎ「ガオーさんが来るよ」と声かけぬ離れの窓のあかあかとして

ルームミラー

一年を元気で居よと祈りつつ車椅子を押す射箭《いやと》頭神社に

施設から家に連れ来し正月の白髪の母はわれを気遣う

ちらっと見るルームミラーにうつる顔真一文字に口むすびおり

つながったりつながらなかったりちぐはぐなふたりの会話をカトレアが聞く

ちぐはぐな母の話に寄り添えず険しき顔は鏡となりぬ

ついに来たわれをつや子と呼びたる日いつものように車椅子押す

何番にかければよいかと聞く母にもうつながってるよと大声で言う

枯れ枝を繋ぐごとき字でメモ書きて守《も》りしてくれし娘《こ》も二十六歳

大根の首

法師蟬の鳴き声聞こえる教室に答案埋めるリズムよき音

黒き土に大根の赤き種をまくトラクターのあとに藁散るを見つつ

大根の首が土より上に伸ぶ背伸びしているわれに似ており

他人《ひと》は他人《ひと》自分は自分とつぶやきて納得いかぬを納得させる

カラカラと風吹く道を走り行く白き息はくマラソンの子ら

歩くたびカタンカタンと傾きぬ骨折りし足をそっといたわり

教室の窓の向こうの山裾を小さき電車の走りて行きぬ

放課後の廊下にひびく掛け声を画鋲とめつつ教室に聞く

この教室は最後のクラスゆるやかに母と過ごさんと退職決める

夕日射す校舎の端を生徒らは落ち葉踏みつつ帰り行くなり

柿の実ふたつ

白く霜の降りし早朝に母逝きぬ柿の実ふたつ枝に残りて

訪ね行き祝うつもりの誕生日まだ明けやらぬ部屋にひとりで

家も庭も木も草も服も何もかもそのままあるに母だけ居らず

第二章（二〇〇九年―二〇一二年）

にらめっこ

やわらかきひかり差しこむ縁側に母の作りし折り紙ひかる

住む人のいない生家の仏前に座りて今日もにらめっこする

繋がれる糸のひとつを切るごとく母のケイタイを今日解約す

線香の煙くゆれど目に笑みをうかべしままにわれを見つめる

読経の流れる庭に水仙の咲き乱れおり百か日過ぎて

病癒え細くなりたるおとうとのうしろ姿にまたねと手を振る

来客の去りたる部屋にひとりいてプリンを分け合うままごとのように

はばたけと母のくれたる時間なり大学院の受験に挑む

箏を弾く娘《こ》を横に見てまどろみぬこれからのことぼんやり思う

生徒らの帰りしあとの教室で子らの名前を読みあげてみる

退職近きわれの机上に紙貼らる新しき主の名前書かれて

いい感じ

コチコチと時計の音が響きおり退職したるはじめての朝

いい感じと娘は言いぬ六十で初めてチュニックにネックレスする

「まじかよオー」と着たるスーツのしつけ取る入学式の朝の若者

桜散るキャンパスの庭に若者らまるく座りて語らい合えり

学生となりて語らうキャンパスの庭にゆるやかな時が流れる

学食の若者の声のざわめきに聞き入るわれは母を忘れて

「せんせい」と声かけられて振り向けば教え子のいて同期生なり

ゼミ室に見覚えのある文字見つけわが青春の蘇りたり

若者に踏みつぶされしヤマモモが赤く染めたりコンクリートを

赤黒く熟れしヤマモモほおばりて舌が真っ赤に染まりしむかし

人はみななぜと問うなり六十で大学生とともに学ぶを

青き灯

くるくると青き灯《ひ》まわるまた来るねと別れしままの母の初盆

桃色の羽二重餅の柔らかさ甘き白餡母は好めり

キリギリスこおろぎ蛙バッタらの棲み処となりぬ草の夏畑

すいかの蔓を片付け終えて腰のせばさっと風来る秋のにおいの

手入れ無き生家の庭の柿の木は枝いっぱいに小さき実結ぶ

止まり木

ふるさとの古き空き家を如何にせん生家はわれの止まり木なれば

母逝きて時過ぎ行きてわれが来て戸を開け窓開けそうじ機の音

お母さんにそっくりですねと通る人母のもんぺで鍬うちおれば

久々に耕運機の音響きおり処分がために運ばれて行く

父の汗弟の汗の染み付きし古き耕運機はまだ動きたり

草引けば冬眠の蛙飛び出しぬあわてて戻し土を掛けたり

子が初めて買ってくれたるレギンスで本屋へ向かう大き歩幅で

降りつもるうす桃色の花びらを踏み踏み歩む少女のごとく

ようやくに遺品の整理を始めたり塗りはげ落ちし重箱出でぬ

餅つめて父母の思いを運びたる重箱のふたに鶴の羽ばたく

気は長くこころはまるくと黄と白の餅つきくれぬ子を産みしとき

見つけたり大学生の弟がわれに宛てたるエールの手紙

ひたすらに蚕が桑の葉食むように大学受験に備えよとある

文久と年号記した黒き箱に朱塗りの膳が詰まっていたり

学割切符

さやさやと風渡り来て稲の穂の揺れて緑の波うねるなり

水道の水が水ではないぬるさつるべで汲みし水が恋しき

六十歳《ろくじゅう》で学割切符の旅をする列車の音が軽く響けり

学割でひとり旅してそろり出す学生証の六十歳の文字

通るたびだれが乗るのと母に問い野良でながめし「くろしお」に乗る

「くろしお」はしばし停まりぬ田に遊ぶ子ら踏切に自転車置きて

朝早く娘を駅まで送りたりまだ暗き街に散歩する人

すがすがし空はほんのり明けてゆき空港行きのバス発車する

「先生」

「先生」と呼びとめられて瞬間に「先生」にもどる午後の雑踏

茜雲にこれでいいよねとつぶやきぬわが生きざまの心細き日

修士論文《しゅうろん》のひといきつきて散歩せり桜の花芽は膨らみており

六十を超えて学びし大学の修了式は着物にしよう

おとうとの新居を訪いし帰り道ともに遊びし日々浮かびくる

リハビリの窓の向こうの屋根の上五羽の雀が行ったり来たり

角曲がるまで見送りぬ浴衣着て花火大会へ向かう子の背《せな》

かれこれと気づかうことばが娘《こ》に増えてわれの気づかぬ老いを感じる

骨となり一人暮らしを終えし母弟のもとへ引き取られゆく

やさしい顔

だれも居ぬ家を開ければ縁側に母の作りしうさぎが二ひき

さわさわと稲藁の匂いを運ぶ風ひがしの空にまるき月あり

荒《あら》し田の草一面の朝露が鏡のごとく光を反す

日曜にやさしい顔で弁当を二つ作りて子は出かけ行く

彼と来て「結婚します」と言う娘ほんのり頬に緊張走る

居場所

緑側で障子の紙を剝がしおり過ぎし時間も一緒にめくる

家族とはと考えこみぬ子とわれの思いぶつかりことば投げ合う

親心伝えることのもどかしきボタンを一つ掛け違うに似て

連れ合いは白髪と皺が増えてきてなんだか少し穏やかになる

ぬいぐるみが夕日射す部屋に遊びおり娘が嫁ぎ三月《みつき》が過ぎぬ

無職なり私の居場所はどこだろう桜並木の桜散る道

母のごと終着駅まで打ち込める仕事欲しくてゆらゆら動く

サラサラと血がかけめぐる語り部を目指して城を歩きまわれば

石垣の小さき隙間にすみれ咲く城は時間を飲み込みており

ゆったりと海に溶け行く紀ノ川を天守に眺む岩手の人と

ドアの隙間

弟はたんぽぽ摘みて笛を吹くうぐいすの鳴く墓参りの日

待ちわびしカボチャの花が今朝開き雄花と雌花をわらでくすぐる

ケイタイを開ければ遊ぶ羊あり狭き画面をちょこちょこ歩く

ハンドルをぎゅっと握りてペダル踏む　孝子《きょうし》峠を越せば和歌山

イタリアは今頃夜明け今は昼旅する娘《こ》らに時を合わせり

「元気かあ」のメールするのをためらいて携帯電話を開けては閉じる

「生きてるー」と書かれし葉書は本人を追いてフランスより今日着きぬ

新しきウォシュレットのふたはいつ閉まるドアの隙間をじっと見つめる

暗やみに過ぎし日々をば重ね観る「東京家族」はもうすぐ私

母の背を撫でる夢見て覚めし朝手のひらにまだ残るぬくもり

弟の夢の中にも来たる母少しうらやみ少しほっとす

第三章（二〇一三年―二〇一七年）

どこかで社会と

春半ば歌会へ出かけ始めたりどこかで社会とつながりたくて

鉢植えの水仙伸びてつぼみあり実家より移して初めての春

ケイタイに娘の声の飛び出しぬ今日で一年結婚記念日

おさな子に歩調を合わせる人を見て歩幅を広げ深呼吸する

古寺に江戸期の画あり寝ころびて天井の雉をカメラに収む

下ばかり見つめて草をひきておりふと見上げれば空の青さよ

今生きていることのふしぎ有りがたしふつうのことがふつうにできる

夕空に薄桃色の雲ふたつふんわりふんわりペダルが軽い

最後の鍵

ふるさとの納屋より出でし古き壺畑のすみで水がめとなる

母の名の書かれしタオルで廊下拭く名前をそっと内側にして

この道をあと何回程通うかと思いはじめてすでに十年

さようなら、何度も柱を撫でてみるふるさとの家売り渡す朝

また来るねはもう無いのだと何もない部屋見まわして最後の鍵する

日が沈めば夜が始まりしは昔なり夜半の道に無機質なあかり

夜半過ぎ店を出で行く母子あり白葱のぞく袋を持ちて

「ねばならぬ」ことのなき日はぼんやりと終《つい》に向かいて時が過ぎゆく

久しぶりに訪いし故郷の昼下がり田植え終えたる田の面《も》の眩し

杭は背を少し縮めぬ槌の子をぐいと振り上げ打ちたるときに

トマトの葉にすむ小虫にも命あるに背負う薬を吹きかけており

夏野菜だいじにだいじに育てしがトマトの味は母に及ばず

〈つるべ〉と〈鎹〉

岩代《いわしろ》の有馬皇子の結び松遥か向こうに白き波立つ

枝豆をうまいと食べる夫ありて残りの種子をプランターに蒔く

食べれるかと子からのメールに写真あり切られしトマトに白き筋見ゆ

病室をしばし抜け出しおとうとは煙草くゆらす暑き日の午後

ほっとして病院を出で傘影に山科川の堤を歩く

「孫市《まごいち》の街」の幟が立ち並ぶ駅前広場に蟬の声しむ

盆踊りの輪に入るゆかたの娘あり間近で彼は焼きそばを焼く

渓谷で足元だけを見て歩くフィールドワークの若者の後

古文書に出づる〈つるべ〉と〈鎹《かすがい》〉を学生に説く身振り手振りで

青きトマト

上野から常磐線の窓のそと関東ロームの土黒々と

朝早く湖近き川べりで鮒釣る人は長靴履きて

吉良邸の隣で掲げし高提灯土浦藩の土屋氏と知る

さわやかな風吹く朝に驚きぬたった三日家を空けて戻れば

家の中洗濯機の音が響きおり今日の私を吸い込むように

ぷよんぷよんの母のもんぺで夏畑を片付けおれば赤とんぼ飛ぶ

夏畑を片付け終えし土の上青きトマトの一つ転がる

秋植えの野菜の種を蒔きながらわれの季節を一枚めくる

大根の双葉間引けば二筋の青き列延ぶレールのごとく

寝ころびて窓の枠だけ空を見るメランコリアな九月の午後に

ストレスを投げつけるごと話す娘《こ》に棘抜けるまでうんうんと聞く

空青し帯解寺《おびとけでら》に線香の煙がくゆる今日は戌の日

子授けの祈願に詣でし帯解で娘の無事をまずは祈りぬ

あすなろのままに

残されし時間はどれ程あるのだろうあすなろのままに時が過ぎ行く

あの時にああしておけばの後悔はいくつもありき　水仙が咲く

「医師になり先生の虫歯治すよ」と言いくれし子は獣医と成れり

バスの窓にグーする人あり拳上げデモする人と気持ち通わす

「教育」について語れる学生の若さがまぶしい外は木枯らし

あすなろはあすなろでいいと弟が言えばなんだかそんな気のする

鯛と鰹

子らが来て洗濯物が元旦の陽をうけ竿にはたはた泳ぐ

夫は鯛私は鰹　元旦を祝う文化がふたつ並びぬ

明るみし障子をじっと見つめおり窓辺に小鳥の歩く音する

いそいそと帰り行く子を見送れば山の向こうを雲流れゆく

だれもみな一つぐらいはあるだろう胸の支《つか》えに空見上げたり

トラックで日本中を走ったと待合室の白髪の人

処分せし実家の跡地に煙突の伸びたる小さき二階家建ちぬ

大型の機械をもたずふるさとに残る田一枚人に頼めり

夕暮れて窓に明かりの灯るとき道行くわれも温かくなる

真実をしっかり見抜けと学生に最後の授業は三〇三で

三〇三は秘密保護法反対のポスター見える小さな教室

蕨

幼きころ摘みしわらびが食べたいと娘《こ》はわが母を懐かしみ言う

娘の思いわれの思いに重なりて店をまわりて蕨を求む

レシピ見て一晩置いてあくを抜き炊いた蕨は母の味する

今ごろは娘は彼と共にいてケイタイ静かカンチューハイを飲む

めまいでも電話してこぬ母のこと今なら分かる子に告げぬ今日

峠道の両側染める山桜渋滞の窓に花びらの散る

歳をとらぬ父母とわれとの歳の差が桜が散りてまた縮まれり

またあした

行ってくると夫の声してそのあとは時計の音の大きく聞こゆ

昼下がりのだあれもいない家のなか音は私にくっついてくる

「またあした」と別れるときは信じてるあしたが必ず来るということ

あした持って行くわねと言う友の声あしたの響きが心に残る

朝の道に行き交う人の誰もみなその日に向かう顔して歩く

だいこんの白き花揺れる畑にてふと口ずさむ野崎小唄を

この苺、母が育てしあの甘い熟れた苺と同じ味する

ふるさとの幼なじみはつれあいと並び笑顔でトマト植えおり

麦秋を終えし田の土黒々と風さわやかに水来るを待つ

水口《みなくち》の縄新しく換えられて縄の結びめ水を待ちおり

寄り合いで池の樋を抜く日が決まりふるさとの村に夏の始まる

音

〈避難場所〉の札立つ空き地に青々と夏草茂りキリギリス鳴く

若者と並びふたりの雨宿り遠い日のような店の軒先

みかん山の斜面に白き弧を描きスプリンクラーの水しぶきとぶ

早朝の補陀洛山寺《ふだらくさんじ》に蟬の声補陀洛渡海に出でし浜凪ぐ

無患樹《むくろじ》の実のお守りをもらいたり黒き小玉の三つ繋がる

次々と波が寄せ来て砕け散る能登の浜辺のテトラポッドに

出でし土器のかけらを繋ぐ人ありていにしえびとの暮らし伝わる

杜へ行きつくつくつくほうしの声を聴く夏の終わりをつかまえたくて

風呂の湯の排水の音にリズムあり深夜の家にちゅるるるーと響く

上の音下への音を気にしつつ子は洗濯機のスイッチを押す

子の言いし音を気にする暮らしなど田舎に暮らすわれは知らざり

新しい家に三畳の和室ありごろんごろんと子は転がりぬ

引っ越しの手伝い終えて峠道　紺碧の空に星の輝く

庭のひだまり

紀ノ川を渡り渡りて京へ行く鉄橋の影が電車を刻む

むのむすびうまく三角の書けなくて何度も筆に墨を含ます

九年ぶりの〈やすらぎ通り〉に子と食べしシフォンケーキの店まだありて

子どもらに力をこめて九条を語りし日々の思い出さるる

道端でおさなと話す女あり屈んでおさなに目線合わせて

立冬の庭の日だまりで生きているスイカの蔓は花を咲かせて

たんぽぽの穂綿飛ぶごと柵《しがらみ》を解き放ちたし残りの時間

鼻先に人参ぶら下げ駆けてゆく馬のようだとわれに夫の言う

アルバム繰りて

ゆらゆらと記憶立ち来たり綴じ糸の外れかけたるアルバム繰りて

行水のお湯をかけ合う軒下の盥の中はわれとおとうと

房垂れる制帽姿の六人は村の同い年麦畑に立つ

笹舟を待ってましたと浮かべたり池の樋抜かれ水流れ来て

子どもらは畦を行き交い早苗打つ学校に田植え休みのありき

並びいて木枠の前で早苗さす子どものわれも手甲脚半で

田植え終え翌朝早く村々に大休みを告ぐる鈴《りん》を振り来ぬ

ふっくらと母の丸めし柏餅白き湯気立つ蒸し器に並ぶ

三人の軍服姿の写真ありみなすまし居て父とおじなり

伯父は母のはじめ嫁ぎし人なりき戦で南の海に沈みぬ

十五夜の縁に供えし団子突く村の子どもら細き竹持ち

稲束を竿にかけゆく父と母むぎわら帽子に夕日が赤い

自転車の後ろに座れる村の子ら目を凝らし居て紙芝居見る

冬の田に凧揚げをするわが子らは母手作りの綿入れを着て

留守番

年明けの一泊二日子の家で二匹のねこと留守番したり

君たちの主はもうすぐ帰るよとわれを見詰めるねこに話しぬ

夕方の店先に残る七草のパックひとつを子連れにゆずる

白菜を二つに切れば真ん中に小さなつぼみの隠れていたり

群れて飛ぶ鳥が百羽いやもっと冬田に下りてまた飛び立ちぬ

娘から今日行くわねとメール来てわれはたちまち忙しくなる

ぷにぷにと我の贅肉を摑んでは癒されるわぁと娘は笑まう

雨上がりの道のくぼみで水を飲む子ねこ二匹に車を止めぬ

夕暮れの伊賀の民家に立ちのぼる煙ひとすじ車窓より見ゆ

落ちている花を拾いて蘂しべに通せる椿の首に冷たし

散歩道にめじろの居ると夫の言う幾度行けどもわれは出会えず

免状抱う

われの中にもうひとりの我のいて激しきことばを滾らせている

氷雨降る橋のたもとで人を待つ手指に息を吹きかけながら

如月の橋のたもとに人待てば行き交うみなが旅人に見ゆ

雨上がりに田の畦行けばほのかなる草の匂いす今日は啓蟄

森永のミルクキャラメルを駅で買うこれから母に会いに行くから

霧を抜け電車の床に陽のさして窓の数だけ日だまりできぬ

目覚めれば雨の音する娘はもう真っ赤なコペンで走っているころ

試験の日が子に近づきぬ勤めつつ国家資格の取得めざして

やったねともっと褒めればよかったとちくちく痛む　卒業証書

子の顔の半分写るメールきて国家資格の免状抱う

今日はここまで

オートバイの音のするたびポスト見る退職してから郵便減りて

われ宛ての分厚き封筒届きたりダイレクトメールが世間と繋ぐ

伸びるまであと幾年ぞ散歩道に松の若木が植えられており

豆がらを燃やして風呂を沸かしたる子どものころに戻りてみたし

わが庭を棲みかにしているカニがいて手水鉢の辺を裏へと隠る

子は笑みてこれはヒッコリーストライプのサルエルパンツと回って見せる

わがふとんに暫し眠りて飯を食い帰り行く子を駅まで送る

雨あがりにずいきの葉にのる水滴の大きな珠が風にこぼれぬ

風も水も山のみどりも透明なり友を訪ねて紀美野路《きみのじ》を行く

野良にいて五時を知らせる放送に今日はここまでと腰を伸したり

峡の風

有田川の渓を見下ろす山の上夏の日差しの明恵《みようえ》温泉

すげ笠を借りて浸かりし露天ぶろ笠の日かげに峡の風来る

目の高さに稜線伸びて雲のありぐるりと視界は青、白、緑

立ち上がり手を伸ばせば摑めそうなむくむくの雲　伸ばしてみたり

見下ろせばみかん畑の木々のなか白い車の一台止まりぬ

温泉の名前の由来の明恵とは鎌倉時代の僧の名なりき

栂尾《とがのお》に高山寺をば開きたる明恵上人は紀伊の人なり

まったりと時を過ごして湯を出れば夫は広間に待ちて書を読む

片足立ち

核兵器の廃絶訴え国連へ集めし署名を夫は持ち行く

新聞の記事の写真に夫ありニューヨークでの反核行進

ホースから噴き出す水を越えんとし次の瞬間転びていたり

何気ない日々の暮らしをしみじみと片足立ちできゅうりを刻む

薩摩にも郷士《ごうし》のありて紀州とは異なるしくみの展示に見入る

どんこ舟で柳川めぐれば船頭の棹さす脇を蛇泳ぎ行く

中腹に白き靄立つ山並みを博多始発の車窓に眺む

昼下がり開けし窓より聞こえ来てやがて遠のく「たけやさおだけー」

畑にはトマトのアイコが実りいてまだまだ夏を片付けられぬ

弓張月

春をさがしに行ってきますの置き手紙今も大事に本に挿《はさ》めり

子育てにまちがいなどはないのです子に寄り添えば風が撫でゆく

「ま、いいか」とつぶやくことの多くなりわが子との距離ほどよくなりぬ

風が来てじょうろの水のふんわりとふくらみ光る大根菜《だいこな》の上

トタン屋根の穴を仰げば空深し田んぼの隅のたまねぎ小屋に

大根を引いたあとにはやっただろと言わんばかりの大き穴あく

塀よりも高く伸びたるねこじゃらしそれぞれの向きに頭垂れおり

求めたるすだち一キロ届きたり徳島育ちの緑の小粒

夕暮れて弓張月の清かなりなんだかとても母に会いたい

「しらいはん」

文書館に歴史講座を聴く午後の窓の向こうは雲のない青

古文書に源七に嫁ぐと書かれたるつる女はその後いかに暮らししか

「しらいはん」と呼ばれ生徒に囲まれる月に一度の若きに戻る日

どんな種を蒔けたのだろう憲法を語る授業の三十年で

人前で明るく話すわれがいるほんとうのわれは片付けられて

湯気の中にふうっと夏の匂いする茹でた隠元ざるに取るとき

暗き部屋の障子の破れのひとますが隣家の灯りにくっきり赤い

一言えば三動くお母《か》んだったのに娘はこたつでぼそっと言えり

降り立てば切符を入れる箱のあり道成寺駅に細き雨降る

道成寺の広間にひたすら古文書を整理しおれば鐘響きくる

皺伸ばし推し測りたり古文書の虫に食われし穴の一文字

参道の明るい声の呼び込みに釣鐘饅頭を六個買いたり

水平に煙を吐きぬ冷水浦《しみずうら》の駅の向こうの大きな煙突

芭蕉に出会う

頰打たれ思わず頰を押さえたりその手も打ちて霞解けゆく

からからと渇きしこころのひだるくて通りすがりの本屋に寄りぬ

和歌の浦に行く春詠う石碑立つ「笈の小文」の「に」が「を」となりて

行春をわかの浦にて追付たり

「行春《ゆくはる》を」石碑の文字のくぼみをば指でなぞりて芭蕉に出会う

鶏のひと鳴きふた鳴き聞こえたり二里ヶ浜駅に電車を待てば

むくむくとひと雨ごとに蔓伸びてえんどうの白き花咲き始む

小さき芽がやっと膨らみ葉が覗く暮れに植えたるつりばなの木に

子はまだかと問いくる人のひと言を気にする娘にうんうんと聞く

「ハト、ハト、ハト」赤い帽子のおさなごが芝生の上を手を振り追いぬ

家々の窓に灯りがともりたり家毎ほのかに違う色して

花の香連れて

網持てば掬えそうなり何匹も魚が寄り来る漁港の岸に

淡路島が微かに見えて暮れゆくを加太の岸辺に眺めておりぬ

新緑の孝子《きょうし》峠の中ほどに薄桃色の山つつじ咲く

掃除機の音のみ響く娘《こ》と猫が四日泊りて帰りしゆうべ

着いたよと弾んだ声の電話ありて子には子の帰る居場所がありて

目覚めれば空と屋根とが覗きおり猫の破りし障子の穴に

柚子の木に白きつぼみが膨らみぬ微かに柚子の香りを持ちて

順番は鳥にもあるらし水たまりに三羽来て一羽ずつ水を浴ぶ

陽のあるに湯ぶねに沈み足を揉むトマトにきゅうり、瓜など植えて

油かすの袋に虫が湧き出でぬ軒の下まで雨水入りて

物干しに藤の蔓伸び巻きつきぬそろり外して支柱に移す

暮らしをば案じて問うにすぐさまに仲良ししてると子は返し来ぬ

きらきらと朝の日差しの明るくて障子の張り替え今日に決めたり

障子紙を剝がす縁側に風来たり微かにみかんの花の香連れて

「何屋さん？」

看板のアルファベットを眺めつつ「何屋さん？」と問いし母を思いぬ

ああ、あのときと同じ芳ばしい匂いするはったい粉《こ》へと熱湯注ぎて

牛肉を五十匁と買いし母いま駅前にその店はなし

命日の朝に夢を見ぬあんころを作り待ちくれし元気な母の

地券には丸山為右衛門と書かれおり顔を知らざるわが祖先なり

戦争はいやじゃとみなが言うとれば『おかあさんの木』のことばは重い

つれあい

豆ご飯がいいなと言いつつちぎりおり収穫の時は畑《はた》に来る夫

取り仕切る交流会でビール注ぐ家では見せぬ満面笑顔

「今日からや」新宮めざし旅立てり平和行進の幟を持ちて

とばぬかと手首で脈打つ音を聴く胸にステント入りたる夫は

ひと月を平和行進に歩き継ぎ指まで日焼けし帰りて来たり

千羽鶴の手提げ袋にあふれるをふたつ抱えて広島へ行く

薬局のチラシに見入るつれあいは育毛の文字に惹かれいるらし

まだまだと思っているからふたりとも死の後先をからから話す

七番

甲府まで隣の席は空きしまま「のぞみ」も「しなの」も「あずさ」も一人

移り行く「あずさ」の車窓に糸ひきの女工を思いぬ諏訪湖が見えて

里芋やカボチャがほっこり沈み入る甲府に初めてほうとうを食む

甲斐の国の今を見つめて駅前に座る信玄は黒き石像

娘から頼まれることが少しずつ少なくなりぬ蟬が鳴いてる

七番を今日は押さない七番は娘《こ》のケイタイに繋がる番号

歳の市で求め植えたる柚子の木に青い実三個今育ちおり

お太鼓のうまく結べず背《せな》の手は鏡の中で考えている

出かけんと車の下を覗きたり寝そべるのらねこまずは追い出す

新美南吉の「手」がうかび来るボーナスが出たよとそっと言う子の声に

こんぴら参り

あす登る石段の数を確かめぬ御本宮まで七百八十五段

空青し杖を片手に出で立ちぬひとり気ままにこんぴら参り

まだまだと一休みする樹の下に夏の風来て汗を冷やしぬ

「しあわせさんこんぴらさん」と書かれたる黄色の板が鳥居に下がる

やったよとすぐさま夫にメールする金毘羅宮の写真を添えて

行進のように足あげ石段を足元だけを見つつ降り行く

招き猫を連れて帰りぬ参道で出会いし猫は四百円なり

二番線は上りも下りも停車する琴平駅に法師蟬鳴く

ぶらんこ

大根の種蒔く日暮れ一株の紫蘇の葉に触れその香を纏う

訪うたびに鉢植え増えるベランダに葉蘭が二本すくと育ちぬ

真っ赤なるひとかたまりを見つけたり宇治川の土手に彼岸花咲く

稲田が青田のごとく育ちいる車窓をたたく雨の向こうに

短歌《うた》読みてわれの知らざる文字ありぬ葡萄一粒食みて辞書ひく

風が来てこぼれそうなり細き枝《え》のムラサキシキブの小《ち》さき実揺れる

草もちをひとつ購いほおばりて〈もちいど通り〉を南へ歩く

この坂をまっすぐ下れば杉《する》ケ《が》町《まち》娘が六年暮らしたところ

お返事は無用ですよと添えられて手作りサンタの葉書が届く

首までを湯ぶねに沈めわれを解くもぎたて柚子を七つ浮かべて

ぶらんこは水色の空を揺らしたり雲を見つめてそおっと漕げば

甕の中から

しばらくは冬籠りして時を待つ甕の中から空を見ており

ふわあっと机の上に日が射しぬ本の上にも雲の流れて

紫陽花がテラスの花壇に芽吹きいるアニョロッティを食むビルの五階の

つわぶきの葉にてんとうむしを移し置く乾いたシャツから畳に落ちて

うらうらと照れる彼岸に三室戸《みむろど》へ母を訪いたりうぐいすの鳴く

三室戸の駅から歩けばバス停に「谷下り《たにさがり》」とあり桜木並ぶ

よいお天気ですねと声を掛けあいぬ見知らぬ人と墓地の坂道

どぶ川の底に生えたる藻が揺れる水の流れにからだを添わせ

山桜のうっすら染める山あいの孝子《きょうし》の家並みは雨に煙りぬ

田の草車

里山に五月の風の渡りゆく人が入らず茂りしままの

山に入り下草を刈る暮らし消え里人は田を柵で囲みぬ

スパイクのごとき爪錆びて軒にあり母の使いし〈田の草車〉

手作りのどてらに綿の覗きたり母を見送り八年を着て

足あとをひとつ残さんと強く踏む人にまかせしわが田の土を

引き抜けば先がふたつに分かれいてくの字に曲がる　くらま大根

葉のふちに光る水滴のならびたり瓜は早朝水はきだしぬ

青草の刈られて乾く匂いせり田んぼで遊びしときと同じの

お裾分けにちょっと隣家に行くように電車に乗りて子の家へ行く

トンネルを出ると孝子駅伸びやかにきょうし、きょうしと案内流る

家も木も空もゆったり流れ行く各停電車の窓は広くて

海抜五メートル

鼻眼鏡のわが顔映るパソコンの起つ数秒の黒き画面に

皺広げ文書の目録取らんとす墨の継ぎ目に内容つかむ

大正の人の筆文字細かくて罫紙にぎっしり詰めて書かるる

やわらかく「白髪が増えたね」と夫の言う向かい合わせに昼餉をとれば

まっすぐに二分歩けば海に出るわが家は海抜五メートルなり

命を繋ぐ

ふるさとのひがん花咲く畦道を花を摘み摘み子と歩きたり

「プラスなの」娘の声のかぼそくてあしたの朝の約束をする

朝の駅に娘を待ちぬむくむくと空に広がる雲を眺めて

よかったねと静かに言えば頭の中にわれの〈これから〉が動き始める

着床を医師は告げしも心音の確認できず「来週またね」と

育て育てと腹に手を添え過ごす子に届かぬことばをからから並べる

三週間を待ちてようやく母子手帳交付願いの書類をもらう

吐きてまた吐く子のそばですべもなく梅干し五個の匂いに頼る

自らをマーライオンのようですと医師に訴え子は入院す

赤ちゃんが元気な証拠と医師言いてつわりのしんどさ少し和らぐ

とりあえず産まれるまでを守らねばわれは娘を娘《こ》は腹の子を

子を産むは母体か子どもか選択の場面もあると娘《こ》はつぶやきぬ

めでたいと人は言えども産むまでも生まれてからも命重くて

一《いち》＋《ぷらす》一《いち》＝《は》三人と写真撮る産み月近き子はつれあいと

陣痛を待つだけやてと検診を終えるやお茶をごくごく飲みぬ

ようやっと娘《こ》は子に命を繋げたり分娩室にうぶ声あがる

助産師の「早く写真を」の声のして分娩室にシャッターの音

生まれるや父に抱かれて泣く赤児三千六百グラムむくむくとして

一日を娘《こ》の腰さすり祈りたる陣痛室が蘇り来る

さまざまをよくぞ乗り越え初産を　娘の命のかぎりなく愛《かな》し

初孫ねと言いくれし人の「初孫」の声のひびきに温かくなる

味噌汁

はじめての小浜の街を歩きいて「鯖街道」の幟見つけぬ

記念館に登美子を訪ね百年の時を戻して資料に見入る

根菜をたっぷり入れて子に作る授乳に合わせ朝の味噌汁

ひと月を三時間ごと乳やりぬ娘は児に添い今昼寝する

手の中の赤児がおとなになるころは　庭の木陰につゆくさが咲く

泣き声の消えて家内静かなり産後を過ごしし娘の帰りて

からだじゅうの螺子ゆるびたり子と赤児ら昨日帰りて　蟬の声する

ひざの上に顎のうら見せ寝そべりぬ子から預かりし二匹のねこは

半年をともに暮らしてねこたちと会話の呼吸がなんとなく合う

赤芋茎《あかずいき》の皮むきしあとの指先に指の色して染まぬ筋あり

踏切で「めでたいでんしゃ」を見送りぬ散歩の足がなんだか軽い

山に根を張るあすなろにみちのくの旅にて出会う幹は太くて

解説

松村正直

白井陽子さんに初めてお会いしたのは二〇一四年の夏のことである。塔短歌会の全国大会が京都で開かれた際に、せっかく多くの会員が集まっているのだからと、翌日、京都にある「塔」の事務所で歌会を開いた。そこに白井さんも来られたのだ。最初の印象は、とにかく元気で、意欲的で、質問をよくする方というものであった。

その後、京都の歌会やカルチャーセンターなどで何度も顔を合わせるうちに、白井さんが和歌山に住んでいること、以前は学校の先生をしていたこと、弟さんも短歌をやっていることなどを知った。和歌山から片道三時間近くかけてやって来るエネルギーにはいつも感心させられる。

歌会における白井さんはとても印象的だ。「あー、私、この歌、全然わかんなかった」「そっか、私には読めんかったなぁ」「知らん言葉がいっぱいある！」などとしばしば口にする。それも、いかにも悔しそうに言うのである。別に知らない言葉があるのは当り前だし、読み切れない歌は誰にでもあるから気にすることはないと言うのだけれど、本人は納得できないようで、いつも次こそはという顔をするのだ。

そんな白井さんが初めての歌集を出すというので、どんな一冊になるかと楽しみにしていた。日ごろ一首一首を目にしていた時とはまた少し違った白井さんの姿が現れてくる。ここに白井陽子のすべてが詰まっていると言っていいだろう。まず分量的に目を引くのが家族の歌である。母、娘、夫、弟のことが数多く詠まれている。常に家族を気遣い支えている作者の様子が見えてくる歌だ。

車椅子で手を振る母に手を振りてエレベーターのドアは閉じゆく

何番にかければよいかと聞く母にもうつながってるよと大声で言う

初出勤の娘の帰りを待ちおれば遠くに聞こえる救急車の音

「こびとさんは帰りますよ」とメールするテーブルに子の夕餉並べて

散歩道にめじろの居ると夫の言う幾度行けどもわれは出会えず

弟はたんぽぽ摘みて笛を吹くうぐいすの鳴く墓参りの日

年老いた母を詠んだ歌は、老いの現実と寂しさをまざまざと感じさせる。それでいて寂しさだけでなくほのかな温もりもあるところが作者の歌の良さだろう。エレベーターのドアが閉まる間際まで手を振り続け、電話では大きな声を出して安心させる。

娘に対しては、何かあればすぐに手伝いに通ったりしているようだ。自らを「こびと」に喩える姿は楽しそうでもある。成人している娘へのこうした溢れんばかりの愛情も、作者の個性と言って良いだろう。

一方で夫を詠んだ歌には、互いに深入りしない飄々とした味わいがある。適度な距離感があって押し付けがましくない。互いを尊重し合っていることがよくわかる。そして、弟を詠んだ歌に感じるのはしんみりとした哀感である。姉も弟ももう十分に大人であるが、二人の関係にはまだどこか子どもだった頃の姉弟のような優しさが滲んでいる。

ふるさとの古き空き家を如何にせん生家はわれの止まり木なれば

久々に耕運機の音響きおり処分がために運ばれて行く

寄り合いで池の樋を抜く日が決まりふるさとの村に夏の始まる

風が来てじょうろの水のふんわりとふくらみ光る大根菜《だいこな》の上

トタン屋根の穴を仰げば空深し田んぼの隅のたまねぎ小屋に

大根の種蒔く日暮れ一株の紫蘇の葉に触れその香を纏う

作者の生家や今住む地域の暮らしを詠んだ歌も、この歌集の大きな見どころと言っていい。土地の空気や生活の手触りがじんわりと伝わってきて味わい深い。

誰も住まなくなった生家を、作者はなかなか処分することができない。なぜならそこは作者にとって「止まり木」のような存在だからだ。故郷との繋がりをかろうじて保つ場であり、また心の拠り所にもなっているのだ。かつて生家で使っていた耕運機を処分する際にも、作者の心は寂しさに包まれる。数々の思い出が甦ってくるのだろう。故郷は昔ながらの「寄り合い」が今も機能している土地柄だ。田植え前の時期にため池の樋を抜いて田に水を入れるのは、年に一度の大切な行事なのである。

四首目は「大根菜《だいこな》」がいい。じょうろで掛ける水の柔らかさが際立って感じられる。「たまねぎ小屋」は収穫した玉葱を吊り下げて乾燥・熟成させる小屋のこと。今はもう使われていないのか、ぽっかりと空いた屋根の穴から青空が覗いている。紫蘇の葉は少し触れただけでも鮮烈な香りが身体にまといつく。それが日暮れの薄れゆく視界の中で一層強く匂うのだ。どの歌にも作者の息遣いや体温がこもっている。

放課後の廊下にひびく掛け声を画鋲とめつつ教室に聞く
退職近きわれの机上に紙貼らる新しき主の名前書かれて
六十歳《ろくじゅう》で学割切符の旅をする列車の音が軽く響けり
「先生」と呼びとめられて瞬間に「先生」にもどる午後の雑踏
古文書に源七に嫁ぐと書かれたるつる女はその後いかに暮らししか

学校の先生をしていた作者は、退職後に大学院に入って年の離れた学生たちとともに学び、その後も古文書を調べたりといった活動を続けているようだ。活力あふれる日々の出来事を通じて、作者自身の姿がくっきりと浮かび上がってくる。
一首目は「画鋲とめつつ」がいい。放課後も先生には様々な仕事が残っている。二首目は退職前から既に後任の人の名前が書かれている寂しさを詠んだもの。その後、作者は六十歳で大学院に入るという選択をする。「学割切符」には楽しさと若干の気恥ずかしさが含まれているのだろう。自由の身になっても、かつての生徒と会えば先生はずっと先生であり続ける。学ぶこともおそらく一生続くのだ。古文書を詳しく調べていくうちに、「つる女」は単なる文字ではなく実際にこの世に生きた人として立ち現れてくる。そこに学びの醍醐味がある。

石垣の小さき隙間にすみれ咲く城は時間を飲み込みており
どんこ舟で柳川めぐれば船頭の棹さす脇を蛇泳ぎ行く
新しきウォシュレットのふたはいつ閉まるドアの隙間をじっと見つめる
お太鼓のうまく結べず背《せな》の手は鏡の中で考えている
招き猫を連れて帰りぬ参道で出会いし猫は四百円なり
ふわあっと机の上に日が射しぬ本の上にも雲の流れて

城の石垣を見る際に石だけでなくそこに生えている菫に目を止めること、柳川で川下りをしながら水面を泳ぐ蛇を見つけること。こんなところに作者の細やかな目線が表れている。それは短歌を詠み始めたことで作者が身に付けた目なのかもしれない。
ウォシュレットの蓋が自動的に閉まるのを覗き見る歌には、真面目さゆえのユーモアがある。

四首目の「手は鏡の中で考えている」はおもしろい表現だ。鏡に背中を写して帯を結ぼうとする場面を巧みに表している。買った招き猫を「出会い」「連れて帰り」と表すことによって、それは現実の猫のような様相を帯びてくる。「雲の影」と言えば何でもない光景が「雲の流れて」と詠むことで、本の上を実際に雲が流れているかのような不思議な遠近感が生まれる。このように、言葉が現実を少し変容させる面白さも短歌の大きな楽しみと言っていい。作者の力量が十分に発揮されている歌である。

山に根を張るあすなろにみちのくの旅にて出会う幹は太くて

明日はヒノキになろうとの意味で名付けられた「あすなろ」に、作者は自身を喩える。今はヒノキに劣っていようが、明日はそれに追い付き追い越そうとする負けん気がある。それは作者の持つ豊かな向上心がまだまだ先を見続けているからだ。この歌集を一つのステップとして、作者はさらに広い歌の世界へと進んでいくことだろう。あすなろが次はどんな姿を見せてくれるのか、ますます楽しみになってきた。

あとがき

自分の内に湧き出ることばを書き留めて、ぽつりぽつりと三十一音の形に並べるようになったのは、二〇〇六年が明けるころである。弟の入院、娘の卒業・就職、母の大腿骨骨折・施設入所など、身めぐりにいろいろなできごとがあった時期と重なる。三十一音にことばを並べることで、私はずいぶんと支えられた。

その後、退職を決めて間もなく母が逝き、大学院で若者たちと学ぶなか、ますます短歌が私の支えになった。「塔」のホームページの明るい自由な雰囲気に魅かれ、五年前、塔短歌会へ入会した。はじめ、「旧かな、新かな」という表現にさえ戸惑った私だったが、行ってみなけりゃわからないと、その年、土浦で開かれた全国大会に参加した。以来、毎年の大会や、歌会への参加を楽しみにしている。短歌を通じてたくさんの人たちと出会い、繋がり、励まされ、私は今、学びを広げている。

この歌集は、私の第一歌集である。四六二首を編年体で収めている。第一章、第二章は、ノートに書き留め始めた二〇〇六年から、塔短歌会入会までの作品、第三章は、塔短歌会に入会した二〇一三年から二〇一七年までの作品で、「塔」に発表した作品が大部分を占める。

歌集名『あすなろのままに』は、歌集中の一首からとった。やりたいことを、なかなか満足いくところまでやれていないという思い、明日にむかって、もっとまだ何かをしたいという思いが、「あすなろ」の響きと共鳴する。

昨年、第二十三回与謝野晶子短歌文学賞・第二十回山川登美子記念短歌大会で、文部科学大臣賞と永田和宏氏の選者賞を受賞し、感想文や取材を求められることがあって、私にとって短歌とはと、改めて考える機会ともなった。また、歌集の原稿をまとめていると、短歌のなかに残された、「その時」を生きていた「私」に出会うことができ、同時に自分の短歌を見つめなおすことができた。今、私は、短歌と向き合う新しいスタートラインに立てた気がしている。

この歌集をまとめるにあたり、松村正直氏に、選歌をはじめとしてご指導いただき、解説まで執筆していただいた。本当にありがとうございました。深くお礼申上げます。また、出版にあたっては、六花書林の宇田川寛之氏に大変お世話になりました。記して深くお礼申上げます。

白井陽子

二〇一八年二月

著者略歴

白井陽子（しらい　ようこ）

1949年５月、和歌山市に生まれる。
高校卒業後、民間会社に３年勤めた後、和歌山大学教育学部へ進学。卒業後、和歌山市立中学校の社会科教諭となる。退職後に和歌山大学大学院修士課程を修了。その後、大学の非常勤講師を２年勤める。

2013年３月　塔短歌会入会

和歌山県歌人クラブ会員
堺歌人クラブ会員

あすなろのままに

（塔21世紀叢書第320篇）

2018年 4 月20日　初版発行

著　者――白 井 陽 子
〒640-0113
和歌山県和歌山市本脇175－1

発行者――宇田川寛之

発行所――六花書林
〒170-0005
東京都豊島区南大塚 3－44－4　開発社内
電 話 03-5949-6307
FAX 03-3983-7678

発売――開発社
〒170-0005
東京都豊島区南大塚 3－44－4
電 話 03-3983-6052
FAX 03-3983-7678

印刷――相良整版印刷

製本――仲佐製本

定価はカバーに表示してあります
ISBN978-4-907891-60-2 C0092